Los besos de Hércules

Clara Piñero
Rocío Martínez

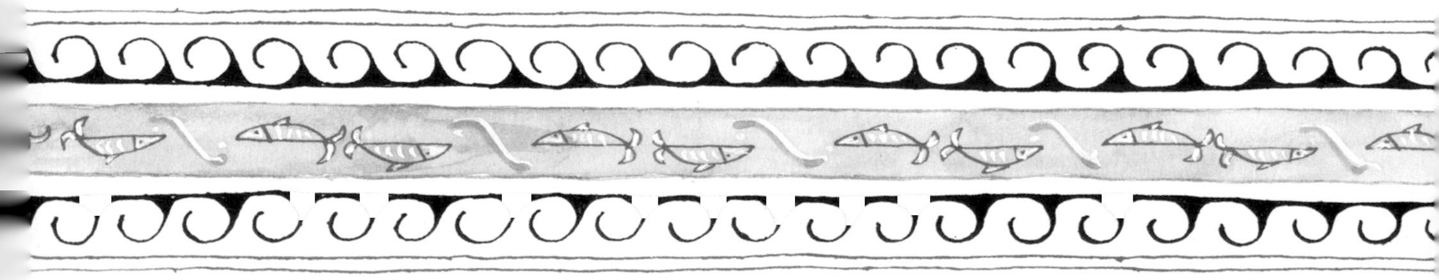

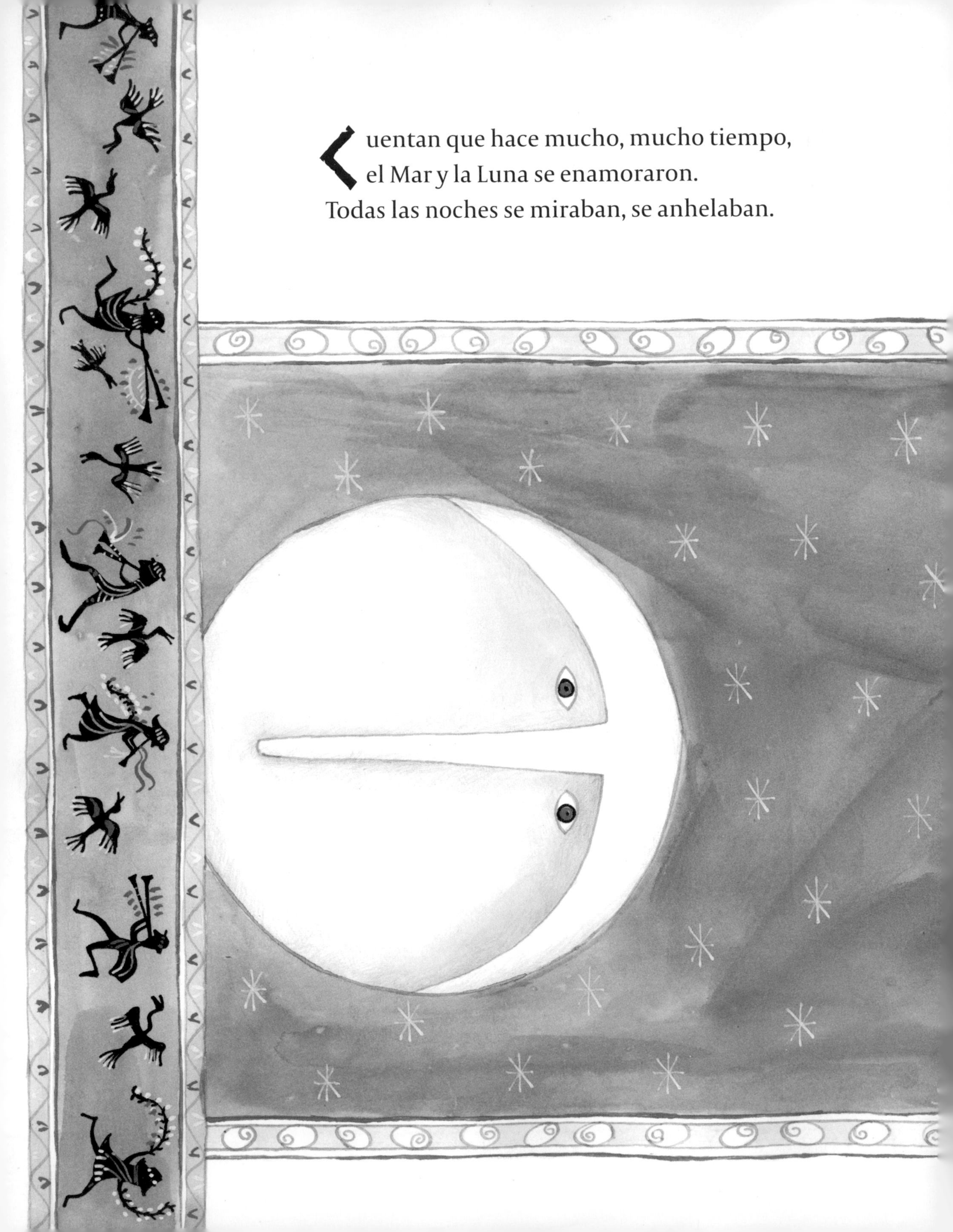

Cuentan que hace mucho, mucho tiempo,
el Mar y la Luna se enamoraron.
Todas las noches se miraban, se anhelaban.

El Mar le dedicaba a su amada cada una de sus olas, y la Luna le dedicaba cada uno de sus rayos. ¡Cómo deseaban poder estar juntos, tocarse, abrazarse...! Aunque sabían que era imposible.

En aquel tiempo
vivía junto al mar
un hombre llamado
Hércules. Era hijo
del rey de los dioses
y poseía una fuerza
sobrehumana
que le hacía capaz
de enfrentarse
a las cosas más
extraordinarias.

Una noche, Hércules salió a la mar en su barca de pesca. Estaba de mal humor, pues había discutido con su mujer, Mégara; había sido por algo absurdo, como siempre, porque Hércules siempre se enfurecía por detalles ridículos.

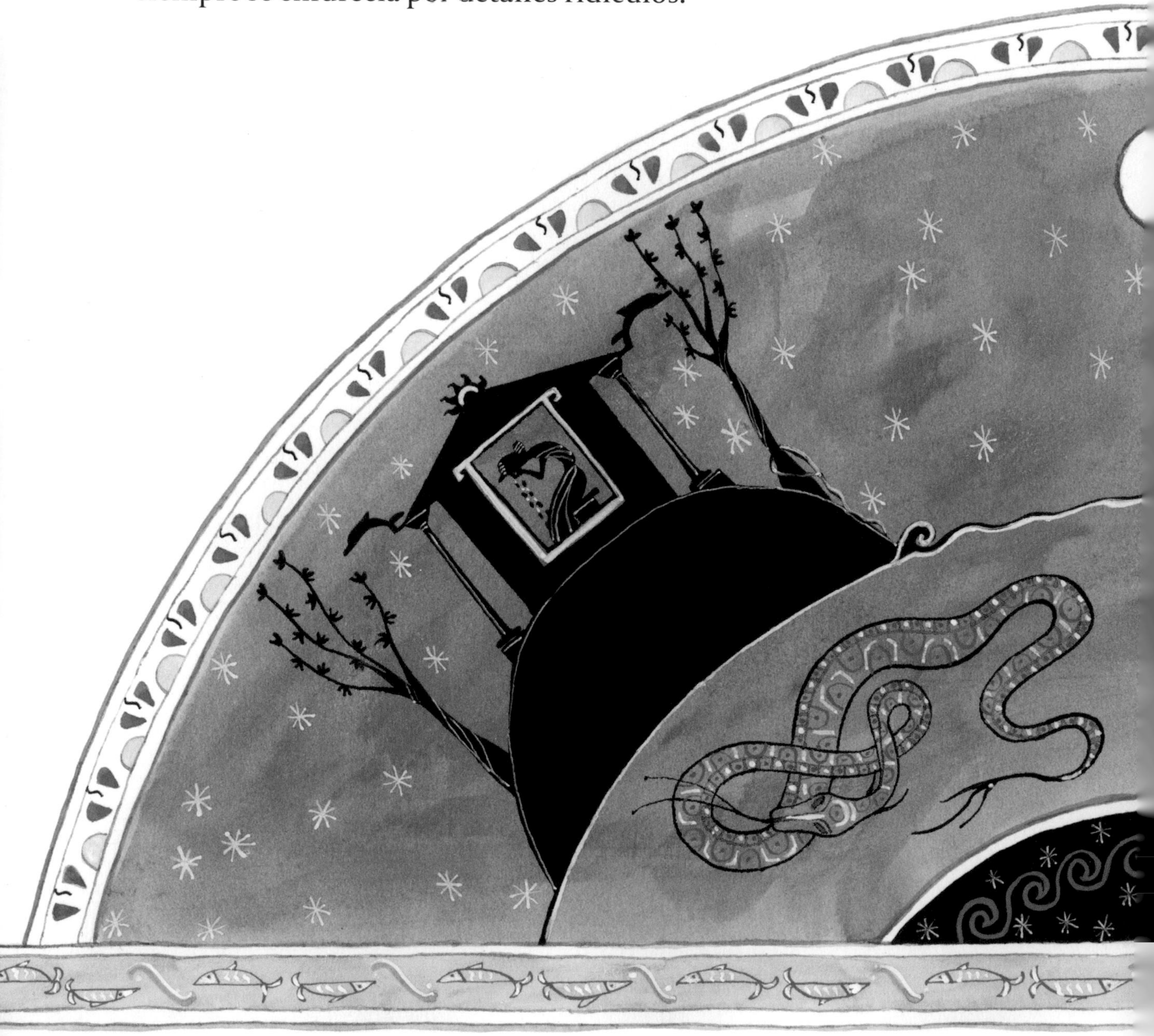

No sólo su fuerza era impresionante, también lo era su mal genio y más valía estar lejos de él cuando se enfadaba.

Cuando ya no veía la orilla, dejó de remar y arrojó la red al agua con todas sus fuerzas para calmarse. Mas, por mucho que se afanaba en tirar la red cada vez más lejos para alejar de su mente aquellos negros pensamientos, éstos no se iban, y Hércules se iba poniendo de peor humor. Ya ni se daba cuenta de hacia dónde lanzaba su red, y la siguiente vez lo hizo hacia el cielo, con tanta fuerza que voló y voló hasta la Luna.

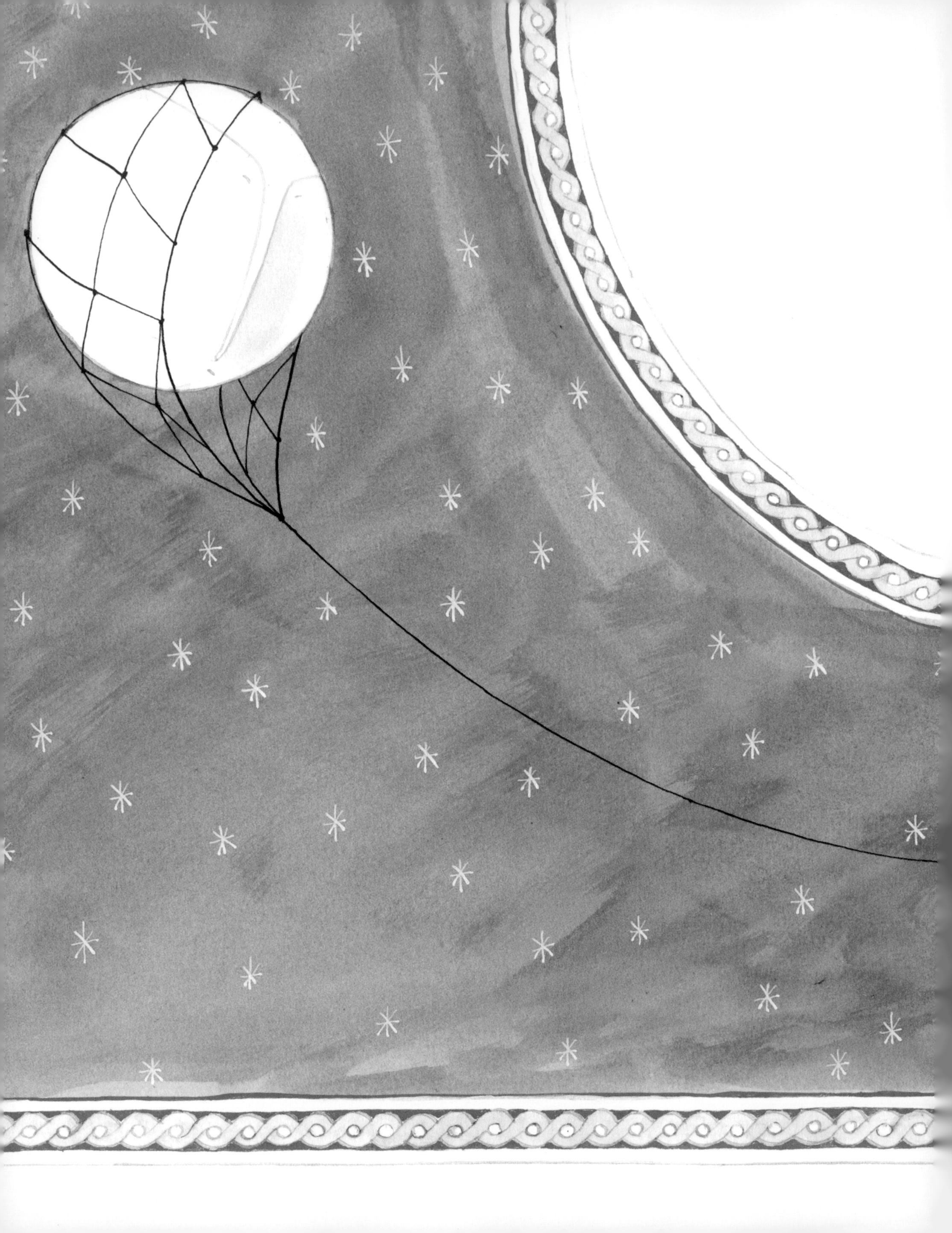

Y ella, que estaba ensimismada mirando a su querido Mar, no se dió cuenta de que estaba dentro de una red. Hércules tampoco y empezó a recogerla. Tiró, tiró y tiró, atrayendo la Luna hacia el Mar. Los dos enamorados percibieron que algo los estaba acercando y sintieron una alegría inmensa.

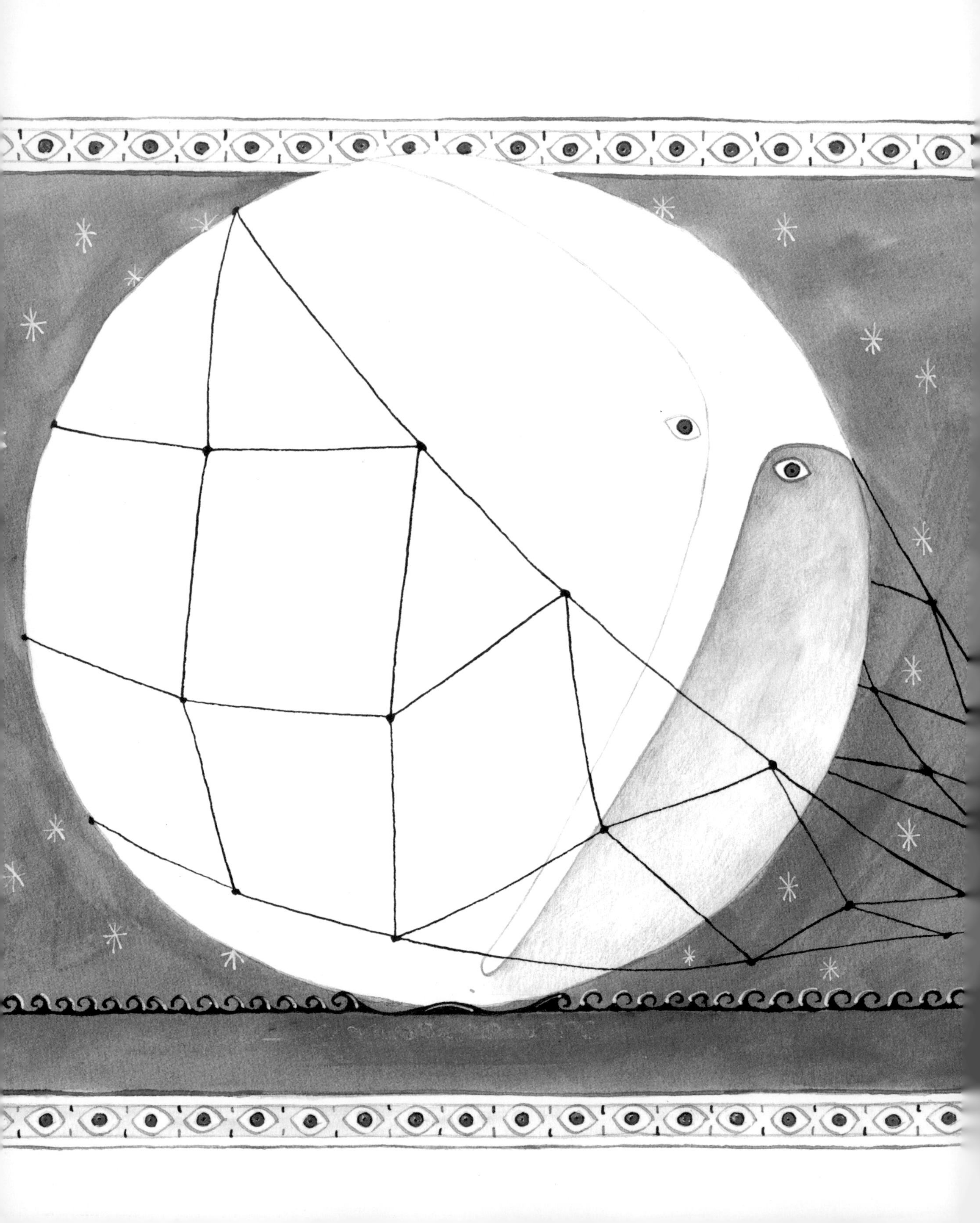

Entonces Hércules levantó la vista...
y se llevó tal impresión que estuvo a
punto de liberarla.
Allí estaba la imponente Luna sobre
el océano, como una inmensa perla
que hubiera subido impulsada por
las corrientes marinas.
¡Casi podía tocarla con la mano!

El Mar comenzó a agitarse y la Luna, a
brillar cada vez con más fuerza.
Él empezó a besarla con su espuma y su sal,
y ella le besó con sus rayos de nácar.

Al ver la pasión de los dos enamorados,
Hércules no fue capaz de soltar la red.

Los besos que se daban se volvían sólidos y caían al agua. Cientos y cientos de besos cayeron. Hércules tomó uno, nunca había visto nada parecido. Cuántas horas pasaron...

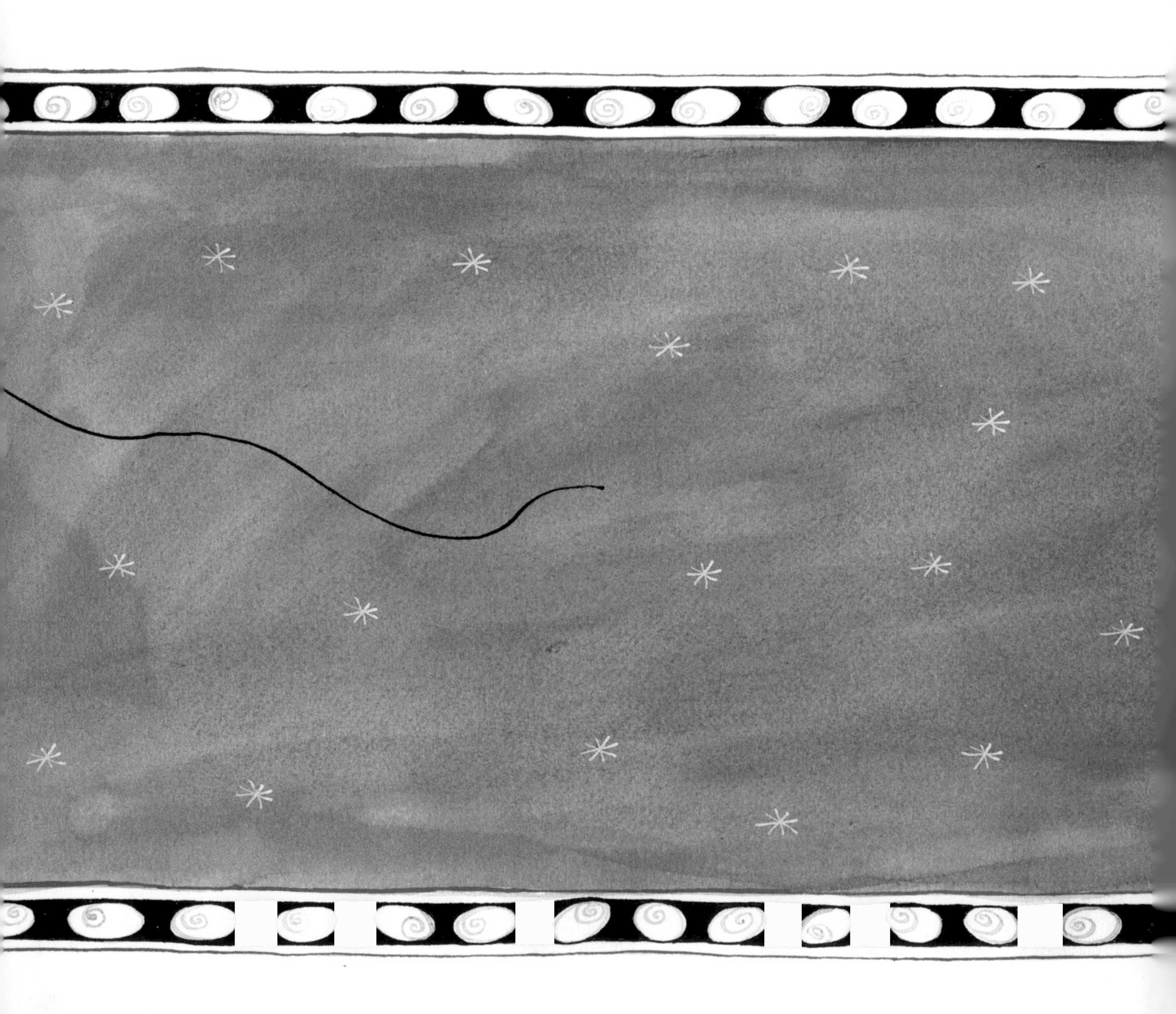

Cuando el horizonte empezó a clarear, Hércules supo que había llegado el momento de volver. Con gran pesar soltó la red y la Luna empezó a ascender rápidamente.

Hércules alcanzó a ver que del rostro plateado
de la Luna caían lágrimas, en forma de caracolas;
con una de ellas regresó remando a la orilla.

Al sacar la red de la barca vió que estaba llena de besos. Entonces se dio cuenta de su profundo amor por Mégara.

Volvió a casa con los besos dentro de su red y se los regaló a su mujer. La besó y ella le perdonó, y aceptó agradecida los opérculos, que es el nombre que tienen desde entonces estos besos de Hércules.

Con la caracola, el Mar le llamaba, y Hércules le acercaba de nuevo a su amada todas las noches. Hoy el Mar y la Luna siguen llamándole para continuar entregándose sus besos de sal y nácar.

Los besos de Hércules
Primera edición: marzo de 2013

Alcalá de Guadaíra 26, bajos
08020 Barcelona

Director de colección: José Díaz
Directora de arte: Jennifer Carná

EAN: 978-84-15357-25-4
D. L.: B-5176-2013

Impreso en Gráficas 94', Sant Quirze del Vallès, España

www.thuleediciones.com